헤어질 채비

헤어질 채비

2019년 4월 5일 초판 1쇄 인쇄
2019년 4월 5일 초판 1쇄 발행

지은이 | 전승미, 김주아, 오유진, 오시마 메구미, 양복선, 김현수

인쇄 | 예인아트

펴낸이 | 이장우
펴낸곳 | 꿈공장 플러스
출판등록 | 제 406-2017-000160호
주소 | 경기도 파주시 회동길 301 (파주출판도시)
전화 | 010-4679-2734
팩스 | 031-624-4527
이메일 | ceo@dreambooks.kr
홈페이지 | www.dreambooks.kr
인스타그램 | @dreambooks.ceo

잘못 만든 책은 구입하신 서점에서 바꾸어 드립니다.

꿈공장⁺ 출판사는 모든 작가님들의 꿈을 응원합니다.
꿈공장⁺ 출판사는 꿈을 포기하지 않는 당신 곁에 늘 함께하겠습니다.

ISBN | 979-11-89129-27-9

정 가 | 13,000원

헤어질 채비

전승미 _ 펭귄의 나라

김주아 _ 당신으로부터

오유진 _ 당분간 비 소식은 없습니다

오 시 마 　메 구 미 _ Mother Tongue

양 복 선 _ 부치지 않은 편지

김현수 _ 계절의 기억

• 작가의 말

당신의
몸을 빌려
나온 세상에서

당신에게
배운 언어로

당신의
목소리를 닮은
노래를

다시,
당신에게 바칩니다

전승미

펭귄의 나라

조곤조곤

흐려져 가는 것들을 붙잡아다

적어본다

잊지 않기 위해

또 잃지 않기 위해

instagram : @mia.5.2.0.

우주

그날은 진짜로 이상했는데, 평소에 꾸던 날아다니는
꿈, 외계인 꿈도 아니었고, 총에 맞지도 않았는데
피는 더더욱 없었고 마냥 아름다웠는데 그 점이 정말
이상했는데 걸어가던 곳은 온통 고둥으로 가득했고
보라색과 청록색과 하얀색 빛들이 우주의 빛깔로
소용돌이치는 고둥이었는데, 영화 속 주인공처럼 두
손을 가지런히 모아 고둥을 들었고, 와 예쁘다, 하고
깨어났는데, 이렇게 예쁜 꿈을 꿀 리가 없는데,
도대체 무슨 일인지 네가 연락하기 전까지 몰랐는데

그랬다니
정말 그걸 꾸었다니

네가 이제 엄마가 된다니

구피의 생

엄마의 작은 수족관
가득 들어찬 구피들을 보며
엄마 구피를 생각한다

먹이사슬의 밑바닥
난태생 송사릿과 엄마 구피는
알이 아니라 새끼인 채로 낳는다고 한다

그들의 꼬리가 보이면 안심하고
그제야 배 밖으로 내보내는 것이다

적을 죽일 수는 없지만
적어도 달아나라고

죽음을 피해서
멀리멀리 헤엄쳐 갈 수 있도록

우리는 심장을 공유했어

이렇게 겹쳐서 누워있는
우리는 심장을 공유했어

내 것보다 작은 너의 것은
사십 년쯤 먼저 멎겠지만

그 작은 공간에 온전히 담긴 나를 보며
괴로워했어 나는

너보다 아는 것이 너무 많아서 괴로워

한 침대에서 직교하는 것이
얼마나 어려운 일인지

내 배 위로 겹쳐 누운 작은 몸속에서
초 단위로 느껴지는 맥박이
내게 어떤 의미인지

너는 결코 모를걸

아무리 불러도 미동 없이
딱딱해져 버릴 너의 몸과

네가 사라져 버린 자리가
사십 년쯤 주인 없이 비어있을 거라는 것도

네가 멎은 그곳은 까맣게 썩어
결국엔 흉터로 남을 거라는 것도

책

너는 존재하는 그대로
완벽한 한 권의 책

맘에 들지 않는 페이지를
찢어버리고 싶더라도

그대로 두기를
수정보다는 각주를 붙여보기를

초판 인쇄 한 권으로
절판되어 버린 책인데

그 내용이 이 세상에서 영영
자취를 감추는 것은 안타깝기에

믿음에 관하여

백 퍼센트의 믿음은
그것 자체로 폭발물이란다

상처 입히고 바스러지며
결국 흔적 없이 사라지지

평화주의자인 네가
길을 잃은 이유는 그것뿐인데
끝끝내 스스로 이유가 되려 하는구나

예외는 있고
배신은 잦단다

무엇도 믿지 않는 것을 늘
기본값으로 두기를

초점

선을 지킨다는 것

한걸음 물러서서
금 너머의 편안한 얼굴을 보며
안심한 미소를 보여주는 것

너의 영역을 지켜주는 동시에
살피어 봐 주는 것

문 앞에서 머뭇거리기를 수백 번
후퇴하다 혀에 걸려 넘어지기를 수천 번
밖으로 나온 것들은 듣는 이 없이 떠돌다
소실점을 따라 소멸할 테지만

너무 가까이 있어서
초점이 안 맞았던 거라고
렌즈를 닦으며 생각한다

더는 렌즈 안에 담기지 않을 만큼
멀어진 뒷모습을
육안으로 열심히 쫓는다

눈으로 인사하고
다만 울지 않기로 한다

안경

푸름을 전혀 통과시킬 수 없다는
테가 얇은 안경

습관처럼 지나가는 하루에
감각은 마비되고
안경 벗는 것마저 잊는 밤들

내려놓지 못한 그것은 중력을 더해
밤새 그를 누르지만

불안해서일까
무서워서일까

잠결에도 차마
벗지도
밀어내지도 못하는 까닭은

친숙한 압박이 사라진 자리에
조그만 자국이라도 생길까 봐
연약한 곳에 흔적을 남길까 봐

영영 구멍으로 남아
그것을 두 눈으로 마주하게 될까 봐

너를 수반하는 빈자리들을 정돈하며

네가 내 발치에 자리 잡겠다면
나는 기꺼이 대각선으로
몸을 누인 채로

평온하게
혹은
호흡이 가빠지는 날들

그러면 으레
너를 수반하는 빈자리들을 정돈하며

나의 정신과 전신
무릎과 배
거리거리마다 모퉁이마다

네가 머물렀던 자리마다 묻어나는
네 모양으로 얇게 번져있는
가늘고 따뜻했던 숨결

취해서 헤매는 날이면
꿈에서마저 재차 확인해보는
너의 호흡 소리

아무리 기도해도
이 숨결 사이로 빠져나가는 하루를
잡아둘 수 없을 거야

도망친 너의 날들은 곧
나의 남은 날들을 전부 태우고
조각 내 버릴 거야

부랑하는

그는
제시간에 반납되지 못한 책
찾는 이 없는 잊혀가는 유실물
죽어 묻힌 자의 말이 없는 신분증

시차도 세상도 잊고서
우주 속에서 허망하게 흩날리다
혼자되어도 모르는 척
터널 끝으로 되돌아간다

오늘도 꺼지지 못한 삶이
구멍 난 폐로 간신히 호흡하고 있구나
책임질 감정들 없이 혼자임에
오롯이 감사하며 잠이 든다

등불

그게 너의 밤을 밝혀 주었다면 무엇이든

부유

내 목소리가 들리나요
작은 두드림이

난 아직 이곳에서
미지의 삶을 부유하는 중이에요

나아가기 위해
아껴보는 한 걸음 두 걸음
온전한 나의 숨결이 부는 곳에
어떤 눈물이 기다리고 있을까

아름답지만은 않은 이 고통이 끝나는 곳엔
희망이 있을까

저울에 올려지는 나
그리고 측정되는 생의 무게감

펭귄의 나라

나는 그들의 과거를 살고
그들은 나의 미래를 산다

우리들의 차원은 아주 달라서
단 한 번도 나란히 걸을 수 없었다

멀리서 미로를 보고 있는 그들은
막다른 길도 자세히 살펴보고 가는 게 답답했고

모든 게 눈앞에 현실로 펼쳐져 있던 나는
순간의 즐거움도,
크고 작은 장애물도 너무 소중했다

같은 공간에서
같은 언어로 나누는 것들이
차원을 넘나들다 산산이 부서졌다

당장 붙어있던 살을 떼면 추위에 얼어 죽을까
펭귄처럼 서로의 옆자리를 지킬 뿐이었다

도시락

엄마를 생각하고
엄마를 그리기 위해 종이를 꺼내 들고
눈썹을 찌푸리고
넘치는 것들을 모아서
꾹꾹 눌러 담아보면
마치 엄마가 싸주던 도시락처럼 생겼어

너무 양이 많잖아
내가 불평하지 않도록
최대한 적어 보이도록
배로 눌러 담아 벽돌같이 단단해진 밥처럼

엄마라는 단어로
단 한 글자도 쓸 수 없다 생각했어
떠올리려고 애쓴 적이 없었고
상상력이 필요하지도 않았어
엄마는 늘 존재했으니까
안에서도 밖에서도

고마운 줄도 모르고 누렸어

길에서 만난 사람이 조금 양보해주면

감사합니다

잘도 하면서

함부로 부렸고

아끼지도 않고 소비해왔어

늘 옆에 있어 주는 마음을

엄마는 항상

내 가슴팍 가득한 물건들을

덜어내 주었는데

존재함만으로

큰 새

세상이 전부 부당했다
아니, 세상 모두가 무시하기로 작정한 것 같았다
돈을 떼이거나 못 받았고 심지어 더 내야 했다
모두가 자신 있게 내게 큰소리를 쳤다

엄마는 나의 등 뒤를 한참이나 헤매었다
누구에게도 만만하게 보이지 않도록
등 뒤로 커다란 그림자를 드리우기 위해 분주했다

덕분에 나는 몸집보다 큰 날개를 가진
커다란 새처럼 보였고
자잘한 전쟁에서 싸워 이기며
홀로 서는 법을 익혔다

전쟁 같은 시간이 지나가고
날개가 더 커져 엄마를 덮어줄 수 있을 때도
오랫동안 아기였다
용돈 줄까 하고 묻는 막내딸이었다

DNA

숱이 많고, 하체가 튼튼한 것도, 컵라면은 매번 큰
뚜껑만 먹는 것도, 요리가 잘되면 누굴 닮았는지
자랑스러워 마지않는 것도, 팥이 꼬리까지 가득한
붕어빵을 겨울마다 제철 과일인 양 사 먹는 것도,
배부르게 먹고 드러눕는 것도, 눕고 나서 바로
죄책감을 느끼는 것도, 게임을 좋아하고 막장
드라마에서 눈을 못 떼는 것도, 생각과는 반대로
말이 나오는 것도, 후회가 많고 웃음이 많은 것도 다

엄마 닮아서 그런가 봐
엄마 덕분에 그런가 봐

기도

어렸을 때
생각 없이 밥 짓는 소리가 좋았다
밥과 찌개를 만드는 뒷모습
탁탁거리고 이내 부글거리는
마법 같은 광경들
어린 나에겐 마법사이자 신이었다, 엄마는

아이의 눈엔 보이지 않았던
성벽같이 단단하고 아늑한 둥지를 짓기 위해
지금의 나보다 어린 나이에 엄마가 된 한 청년

몇 시간을 홀로 서서
부엌에서 베란다에서 화장실에서
좋아하던 글, 그림을 그릴 펜과 붓이 아니라
밥솥과 청소도구와 사투를 벌이며

꿈을 놓쳐버린 청년은
긴 시간 동안 도대체 무엇을 잡고 살아냈을까

생기 있던 젊은 시간을
고스란히 타자에게 내던지고서
당신의 이름을 세상에서 지워내면서
엄마로 엄마로서

너는 결혼하지 말고 절대 엄마처럼 살지 마
하며 자신이 걸어온 길을 부정하기까지
그 생은 또 얼마나 고단했을까

엄마가 다시 한번 살아야 한다면
그때는 절대로 엄마가 안 되도록 해 주세요
하고 싶은 거 다 하면서
활개 치고 살게 해 주세요

시끄럽고 재미있게 살다가
이 정도면 행복했다
편안한 곳에서
잠자는 듯 갈 수 있도록 해 주세요

끝도 없이

죽겠다는 말 달고 살아도
아픈 죽음은 겁이 났다
때로는 커피 한잔 떠다 놓은 거로
알아서 잠이 달아나길 바랐다

시간이 지날수록
쉬운 말만 찾게 되었으며

나로 시작한 주어가
목적어를 찾지 못하고
맞지 않는 서술어로 끝맺어졌다

시를 쓰겠다고
시집을 들고 돌아다닌 것은 괜한 짓으로
제정신에 관한 엄마의 우려를 샀을 뿐이다

꿈처럼 사랑받고 싶었지만
세상에는 사랑을 주는 것 외에 달리
할 수 있는 게 많이 없었고

들추기보다는 외려 감추며
모든 일을 더 어렵게 만들었다

죽지 않아야 하는
논리적인 이유가 있을까
언젠간 갈겨놓은 모순적인 문장 속에서
그 이유를 찾아낼 수 있을까

끝도 없이 모르고
모르는 줄도 몰랐다

美아

아빠가 지어준 이름
어린 마음에는 부끄러워했던
이름답지 않은 아름다움
나의 정신을 좀먹어가는

아름다움이 더는
나를 정의하지 못하고
정의되지 못한 것들은
껍질을 뚫고 기어이 밖으로
삐져 나와버렸구나

온전히 담아내지 못하는 이름은
이름이 아닌 걸까
나는 이름이 없는 걸까

이르지 못할 곳이기에
잃어버리게 됐을까

자리

우리들의 영혼이 닿아있다면
그것들은 서로 닮아 있을 테고
그만큼 많이 닳아 있을 텐데

지나온 시간에 발을 맞추어 보다
흠뻑 젖어 깨어나는 꿈처럼
더는 함께할 수 없어

행복할 땐 절대로 되지 않는 것들이 있었지
불행한 순간은 늘 예고가 없고

형체 없는 것들이 성가시게 엉겨 붙는 곳에
조그맣게 자리를 남겨둘게

당신의 목소리로

세어가는 새벽

책을 다 읽어내기에
고요함은 도움이 되지 않던가

명작이라던 오래된 영화도
채 끝까지 보지 못하고
다시 돌아와 앉아
글이나 써보는 시간

사치스러운 글은 다
집어치우고도
내 이름 석 자와
집으로 돌아가는 길마저
이제는 흐릿해

종일 저린 손을
반대 손으로 두들기며

괜찮다

괜찮았다

앞으로도 괜찮을 것이다

내적 불안에 수반되는

단순하고

단단한 결의

우리는

어디로 가야 하는가

어디쯤 가면 답이 있을까

불친절한 문제를 푸느라

흰머리처럼 세어가는 새벽

정체

좋아하는 것들이 그리운 날엔
정체되고 마는 시간의 호흡

어디쯤에 머물러 있을까
나의 미련들은

향

향을 피우고 싶어요, 여름밤에
남쪽으로 날아가 훔쳐 온 것처럼
담백하고 쓸쓸한 향을

정체 모를 풀벌레가
나름의 주장을 했고
동의하며 안도했던 것이
나였는지
그 옆을 지나는 이였는지
한 김 식히고 가는 바람이었는지

스스로 최면을 걸어 보는 여름밤에
피우고 싶어요
한적한 시골의 향을

내 고향 제주

두 손 가득 들고도
무언가 두고 나온 것 같은 기분이 들 때마다
내 고향처럼 마음대로 부르는
제주, 제주도

바람 드는 사계리 길목에는
돌에 난 구멍마다 질문이
나무 뒤로 난 그림자에는
길게 늘어난 망설임이

하늘과 오름이 닿아
보랏빛으로 퍼지는 자리에는
고요를 가르던 적막한 외침이 있다

해넘이는 쓸쓸한 구석이 있어
한 녀석이 말했다
짧은 생이라도 이유는 필요해
다른 녀석이 말을 머금는다

생각해보면

아무 말이나 내뱉어도 때로는

라임이 맞잖아

인생도 그런 것 아닐까

불운도 운도 그저 하나의 운율

돌아가는 길도 재촉하던 길도

모두가 느리게 흘렀던 제주의 담장 너머로

일단은 던져놓고 다음에 찾아갈게

머리카락이 모두 하얘진다면

그때는 제주의 보랏빛으로 물들이기로

남겨두고 온 모두에게

안녕이라고 말하기로

Midnight Jasmine

벌레 소리마저 숨어든 밤
코를 통해 들어온
입안 가득 채우는 재스민 향

달려드는 기억은 결코
뿌리치지 못할 테니
생각나는 대로 생각하고
걸어지는 대로 걷기

빠르게 구르는 불빛들을 자세히 보면
그들도 똑같이
검정으로 걸어 다니는 사람들

삶의 근거를 계속 만들어나가는 일
글을 쓰며 자유로워지는 종일

어류

매분 매초
육신으로 실존하는 이곳에선
편히 몸 누일 곳이 없어
다시 돌아가
당신의 뱃속에서
유영하듯 잠잘 수 있다면
제한 없는 몸짓으로
무한한 꿈에 젖어 들 수 있다면

김
주
아

당신으로부터

덤덤하지만 솔직하게,

당신께 위로가 되는 문장이길 희망합니다.

오늘도 제 글을 읽어주셔서 감사합니다.

instagram : @juuaa.a

소녀

타임머신 타고
열여덟 우리 엄마에게로 가자

곱고 또 고운
열여덟 소녀에게로 가자

가는 길에 온 세상에 핀
들꽃 한아름 꺾어다가

어여쁜 그 소녀에게로 가자

당신 같은 것들

당신 같은 봄바람이 붑니다

당신 같은 꽃 내음도 나고요

당신 같은 햇살도 내립니다

세상에 모든 따스한 것들은
다 당신을 닮았나 봅니다

나의 오늘

지친 당신의 어깨를 빌려다가
눈부신 나의 오늘을 빚었다

고된 당신의 허리를 빌려다가
고운 나의 오늘을 빚었다

시린 당신의 손 마디를 빌려다가
따스한 나의 오늘을 빚었다

고이 빚어낸 내 오늘을 너머로
바래진 당신의 어제가 밀려온다

당신의 모든 날 들을 빌려
나의 오늘이 되었다

주름 하나

잠이 든 엄마의 얼굴을
가만히 바라보았다

너무나 오랜만에
그리고 오랫동안
가여운 눈으로
가만히 바라보았다

눈가의 주름 하나
입가의 주름 하나
손등의 주름 하나

켜켜이 쌓인 선들이
오랫동안 가여웠다

늦둥이

조금만 우리가 빨리 만났더라면
참 좋았겠다

미리 앞서버린 그대 걸음을
먼발치에서 따라가려 애쓴다

열에 여섯은 써버리고 만난
우리 인연이라

나는 마음부터 그리 달렸나보다
무엇이든 그리 급했나보다

그러니 우리 더 자주 보자
더 오래 보자

허풍

나는 엄마 앞에선
오만함이 생깁니다
허풍들을 늘어놓기도 하고요

이만큼이나 자랐다고
이만큼이나 어른이 되었다고
각색의 오만함들을 펼쳐놓습니다

물가에 내놓은 당신 자식은
이제 물장구 정도는 쳐댈 수 있다고
그러니 그 애틋한 걱정은 그만 놓으시라고

나는 오늘도 오만한 허풍을 떠들어댑니다

모르는 일상

오늘 시험은 백점을 받았다고
내가 옆 반 정훈이를 좋아한다고
내일 점심에는 장조림이 나온다고

어릴 땐 무엇이든 엄마한테
알려주고 싶었는데

하나씩 늘어가는
어른이라는 이기심으로
이젠 엄마가 모르는
내가 너무 많아져 버렸다

가방

몸통만 한 가방 짊어지고 새벽을 나섭니다

작은 어깨에 뭘 그리 많이 이고 가시는지
이미 알고 있어서 나는 물을 수가 없습니다

가방 안에 넣어놓은 짐들은
새벽이 지나 저녁이 오면

조금 덜어내고 돌아 오실는지
더 실어 오실는지

외동 딸

내 작은 앞마당에
꽃 하나 심어 놓았다

해가 지고, 새가 떠나고
혼자 남겨질 꽃 하나가
마음에 아른거린다

말동무할 꽃 하나 더 심어 둘 걸

캄캄한 밤,
너 하나 남겨질 것에
가던 걸음 떼지 못할 거라면

꽃 하나 더 심어 둘걸

길고양이

쉴 새 없는 울음으로
바삐 가던 걸음을 잡는다

어떠한 것이 네 울음을
멈추지 않게 했나

그렁그렁한 눈짓에
앞장서는 너를 따랐다

깊은 구덩이 속에
너를 빼닮은 새끼 고양이 한 마리

그래서 네가 나를 데려왔구나
그래, 너 또한 어미구나

시 낭독

세상 가장 소중한 사람에게
사랑한다 말하는 것이
이렇게나 어렵다

유독 당신께만 이렇게나 어렵다

내가 적은 시 한 편이라며
읽어주는 척 말해주어야겠다

엄마
내가 많이 사랑해

딸아

뜬 눈으로 온 밤을 설쳐가며 키웠다
그러니 울지 말아라

네 기침 하나에도 천둥이 치는 것 같아
마음 졸이며 아껴 키웠다
그러니 울지 말아라

행여 흩날리는 꽃잎에도 베일까
품어 키웠다
그러니 울지 말아라

그러니 울지 말아라, 내 딸아

장미다방

1988년 6월 24일
장미다방으로 가서

꽃단장하고 맞선 보러 온
날 닮은 아가씨에게 전해줘야지

맞은 편에 앉을 그 잘생긴 남자는
알고 보니 속 꽤나 썩인다고

아 참, 그리고

당신은 잘 모르겠지만
무척이나 당신을 사랑한다고

탓

당신에게 느끼는 이 연민은
대체 누구 탓입니까

그 시절 가난했던 당신 부모의 탓인지
아니면 무정한 세월의 탓인지
그마저 아니면
이제야 철이 들어버린 내 탓인지

이 너덜너덜해진 연민을
무엇으로 거둬야 합니까

한 줌

투명한 저 바다를
당신께도 보여드리고 싶다

청춘 같던 새파란 바닷물 한 줌 떠다
당신 두 손에 담아드리고 싶다

마른 마디 사이로 새어나가
다시 바다를 이룬대도
그대 양손에 한 줌 쥐여주고 싶다

장래희망

내가 가장 존경하는 사람은
당신입니다

그래서
당신처럼 살지 않는 게
내 장래희망입니다

그랬겠지

당신도 무슨 사정이 있었겠지

이제 와 내가 들으면
이해할 법한 이야기가 있었겠지

그때는 알지 못한
무언가가 있었겠지

그랬겠지

아무렇지가 않다

허락도 없이 그대 삶을
헤집어 놓아도
아무렇지가 않단다

언질도 없이 그대 속을
헝클어놓아도
그래도 괜찮다고만 한다

네가 나이고
내가 너이니
아무렇지가 않단다

막걸리 한 병

털래털래 걸어오는 저 발걸음이
안쓰러운 건 모두 내 몫인가

그대 품 안에 차가운 술병 하나
긴 밤 그대의 말동무인가

뽀얀 술 한 모금에
소박한 안주 한입에
허공에 내뱉는 한숨 하나

가족

누군가 물었다
가족이 무엇입니까?

그 누군가 답했다
서로에게 항상 커다란 울타리가
되어주는 것입니다

다시 그가 말했다
모든 이들에게 다 같습니까?

나의 글

내 문장의 모든 것이
당신으로부터 나왔다

숨을 쉬는 그 텀까지
끝을 맺는 그 점 하나까지도

사랑, 연민, 동경, 고독
자질구레한 나의 감정 따위의
출발선이 바로 당신이었다

토닥토닥

매일 입는 잠옷을 껴입고
가장 좋아하는 이불을 꺼내어
제일 아끼는 인형을 곁에 두고

작은 우리 엄마보다도
더 작았던 내가

그 품안으로 쏙 들어가
토닥토닥 손장단에 맞추어
꿈을 꾸곤 했는데

황혼

한창 같던 고비를 지나
어스름한 붉은 빛이 하늘에 새겨지면

참 아름답다 속삭여주어야지

저물어가는 것이 아니라고
뜨겁던 빛을 잃어가는 게 아니라고

따스한 빛을 얻으려 했던 것이라고
참 눈부시다 말해주어야지

덕아

엄마도 엄마가 보고 싶냐고

세월 따라 흐릿해진 마음중에서
무엇이 제일 그립냐고

온기 가득한 당신 품도 그립고
소박한 당신 밥상도 그립다고

그중에서도 나지막이 내 이름 불러주는
그 목소리가 제일 그립다고

나중에 우리 만나면

잠시 졸았다고 생각했는데
어느새 그때의 당신 나이가 되었습니다

잘 계시지요
저는 참 많은 일이 있었습니다

당신 좋아하시던 단감 한 봉지
사 들고 갈 테니

우리 그동안 못다 한 이야기나
밤새 할까요

카네이션

허전한 우리 엄마 옷깃에
새빨간 카네이션 하나 꽂았습니다

붉게 핀 꽃마저
왼쪽 가슴에
오래 머문 피멍 같아서

헤져버린 당신 가슴팍에선
어린 꽃 하나도 예쁘지가 않은 것이
참 슬펐습니다

아내에게

우리가 무슨 인연이기에
여기까지 함께 걸었을까

이슬 맺힌 새벽길은
맨몸으로도 걷기 고달픈데

짐 가득 실은 수레 메고
이 큰 산을 넘었네

애처로운 당신은
무슨 큰 죄이길래
나를 만났나

우리 연은 이만하고
다음 생은 나를 떠나 조심히 가시게

핑계

날이 조금 따뜻해지면요
날이 조금 선선해지면요

돈을 더 많이 벌면요
바쁜 일들이 끝나고 나면요

두서없는 핑계들이
쌓이고 쌓인다

혹여 당신 떠나면
못 지킨 약속에
어떤 핑계를 대야 하나

비

그치지 않는 폭우에도
이제 그대는 소맷자락 하나
젖지 않도록

서러운 빗줄기는
이제 당신의 품에 단 한 방울도
안기지 않도록

억센 비구름들은
이제 그대 그림자도 밟지 않기를

이다음엔 우리의 운명이
부디 바뀌어 만나
그대는 이제 햇빛만 마주하기를

좋은 것들

이게 더 맛있는 것이라고

버스보단 택시를 타시라고

조금 더 따뜻한 곳에 계시라고

이 옷이 더 예쁘다고

몇 시간 더 주무시라고

당신 왜 좋은 것을 모르시랴
그대 왜 편한 것을 모르시랴

엄마의 편지

세상이 뭐가 그리 궁금하다고
열 달도 채우지 않고
서둘러 만나러 온 나의 천사야

내 몸이 성하지 않아
걱정스러운 마음에 일찍 찾아온 것이구나

울음도 없던 네가
하늘로 돌아가 버릴까 봐
몇 날 며칠을 널 대신해 울어댔었지

나의 천사야
나의 아가야

고마운 나의 천사야

평행선

당신과 나의 마음이
이리 같은데도

겹쳐질 수 없는 마음이라

멀고도 가깝다

장작

마른 나무 쌓아 올리려
온 산과 들을 걷고 또 걷고

어깨에 짊어진 그 나뭇더미는
하늘 높은 줄을 모르고 올랐다

당신은 짧아진 여름 저녁 날
떠나버리고

그 장작은 이내 겨울
모두 날 위한 것이었구나

엄마

엄마가
내 엄마라서 감사합니다

그저 그뿐입니다
감사합니다

오
유
진

당분간 비 소식은 없습니다

건축을 공부하는 학생으로
집과 글을 짓는 삶을 그립니다.
작게 소소한 꿈을 꾸고 작은 것에
행복을 누리는 사람이란 의미에서
'작은' 이라는 필명을 사용하고 있습니다.
그저 작은 사람이지만
매일 소소한 글을 나눌 수 있음에 감사합니다.

instagram : @zak_eun_

인생 그림

어느 날,

반달처럼 웃어 보이는

그녀 눈가의 주름이

너무나 예쁘게 빛나고 있었지

다음 날, 나에게도 저리

아름다운 그림이 남도록

예쁘게 웃어야지

'벅차다'의 뜻

요즘 괜히 울컥하는 순간들이 많다
사소한 글 줄 하나에,
그냥 웃어 보이는 저 웃음에,
자꾸 마음에 눈물이 차오른다
그때, 기뻐 울 줄 알게 된 후일까
언제부터일까?

이젠 울 일이 참 많아져버렸다

마지막 한 입

당신도 그 한 입이 기억나나요?

작게 자른 김치에 김 한 장 두른
마지막 한 입이,
그 한 입 먹고 나서
하루 참 힘차게 뛰어다니곤 했었지요

어쩐지 축 처진 어깨를 펴기 힘든 요즘
그때의 마지막 한 입이 자꾸 생각나네요

유기농 사랑

지금은 사천 원의 칼국수가 비싸다며 고민하지만,
그 쪼끄만 나를 위해 유기농을 고집하던 당신
잊지 않을게요

당신이 이제 힘겨워 내게 와준다면
나 언제든 유기농을 고집할 거예요

전하지 못한 진심

얼마나 더 오래
눌러둬야 할까

너무 눌려 타버린
누룽지가 될까봐
살짝, 들춰 보았더니

그만 찢어지고 만다

일촌

나의 존재가 당신의 기쁨이란 사실을

너무 오랜 뒤에야 알았습니다

사람에게 사람이란 존재가

기쁨이 된다는 게

얼마나 어려운 일인지 이제야 알았습니다

나의 노력이 아닌

그저 있는 그대로인 내가,

누군가의 기쁨이 될 수 있다는 게

이토록 감사한 일임을 지금쯤에야 알았습니다

나의 VIP

25년 장편의 드라마를
항상이고 봐주시는 관객이 계신다
재미없어도, 결방이어도

항상 그 자리 그대로,

나 그대 덕분에
오늘도 멋지게 한 편 완성합니다

하얗게

그녀는 항상 그 자리에
언제나 젊은 그 모습 속에
살아나고 있을 거라 굳게 생각했다

그녀의 해맑은 웃음과 함께 보여 온
희끗해진 머리카락이
한참 내 머릿속을 하얗게 만든다

너무 굳었던 나의 생각에
난 그렇게 한참을 굳어버린다

나 다녀올래요

학교 다녀오겠습니다
학교 다녀왔습니다

두 마디의 시작과 끝이
이리도 그리울 줄,
철없던 그때의 나는 몰랐네

집 안 가득 채우던 그 소리가
아마 내내 그리웁겠지

당분간 비 소식은 없습니다

내내 당신의 비를 맞고 자랐습니다
당신이 모자람 없이 내려주는
비를 맞고 쑥쑥도 자랐습니다

더 많은 비를 요구하는 나 때문에
점점 말라가는 당신을 보지 못했습니다

당신의 것을 다 빼앗고서야
스스로 비를 내릴 줄 알게 되었다며
비의 무게를 아는 척해봅니다

고작 이만큼 자라난 내가
당신의 비를 멈추기 위해
무얼 할 수 있을까요?

점점

당신을 기쁘게 하기가 점점 어려워져요
어릴 적 나 항상 그대의 기쁨이었는데,
받아쓰길 잘하는 게
더 이상 자랑이 아니게 된 지금
내가 당신을 미소 짓게 할 수 있을까요

삶의 무게

이제야 조금 내 몫의 짐이 생겼다
이만큼 들었다고 이리도 무겁다
무겁다고 꼼짝도 않는다

그리도 바쁘게 움직이던 그녀가
왜 이리 야위었는지
이제야 알겠더구나

천리 길

네가 보고 싶어 난 천리 길을 간단다
그 길이 내내 설레어
눈 깜박일 새가 없단다

너는 내내 깜박이다
결국 잠이 들 테지만,
눈 꼭 감은 너를 보러
난 오늘도 천리 길을 간단다

알게 된 것

내가 그 품을 떠난 것으로
내가 시작되었다

울만큼 울었다 싶은,
그제야 나를 알았다

그 품을 떠난 지 한참이 된,
지금에야 그 사랑을 알았다

전화 한 통

한참을 생각하다
일단 누른 통화 버튼에
오늘도 난 딴소리만 늘어놓네요

결국, 치사하게도
글의 힘을 빌려봅니다.

사랑해, 고마워요

칠흑 길

늦은 밤
귀갓길이면 나보다 항상 먼저
당신이 기다리고 있었다

칠흑 같은 어두운 길을
그대 혼자 걸어오느라
얼마나 긴 시간 무서웠을까

언젠가는 이 어두움에
도망치던 소녀일 때가 있었을텐데
무엇이 당신을 이토록 강하게 만들었는지

너무도 강해보이는 소녀의 뒷모습을
그냥 왈칵 안아버린다

손의 세월

지난 세월
모른다는 핑계로
지금껏 살아왔습니다
이제 와 보니 놓쳐버린 기회에
아린 마음뿐이네요

오늘부턴 놓치지 않으려고
당신의 주름진 두 손,
꼭 잡아봅니다

담담한 그대와 나

난 고기가 좋고

난 겨울이 좋고

난 시골이 좋고

난 느린 걸음이 좋고

난 나와 닮은

담담한 그대가 좋고

선잠

매일이었다

그녀의 큰 숨소리 한 번 들어보지 못했다
가끔 색색이는 소리를 듣는다면,
괜히 마음이 아려오는거다

살짝의 발걸음에도
눈을 떼는 그녀의 삶은
내내 긴장을 품었던 걸까

어른 잠

매일 술과 함께 잠드는 당신
그 땐 미처 알지 못했다

어째서인지 쉽사리 하루를
끝내지 않는 건지,
당신이 하루 끝에 오기가
얼마나 힘겨웠는지,

어른이 된 나를 재우는 술을 보며
하루 끝에 서보니
나의 잠이 당신의 고된 잠이 되었다

어린왕자는 알고 있었을까

어린왕자를 참 좋아하던 그녀였다
그녀는 내가 당신의 장미가 될 줄 알고 있었을까
난 장미로서 그녀를 행복하게 해줄 수 있을까

인생 같은 선물

차가운 세상 속
한 송이 빨간 장미란

빨간 뜨거움과 차가움이 만나
따뜻함으로 다가오는
그 기분이란

누군가 나에게
따뜻함을 선물하는
그 마음이란

차가운 세상 속
예쁘게 살아갈 수 있는
날 만들어 주는 것

가장

아직 뿌연 밤안개가 남아
차갑게 다가오는 시간,
그들만이 거리에 존재한다

저 발걸음의 종착지엔
무엇이 기다리기에
한치에 흔들림도 보이지 않는다

어려운 표정을 하고
어떤 생각을 하며
저리도 꿋꿋이 내딛을까

행운

당신을 만나게 되어 다행이에요
당신이 나를 맡아줘서 다행이에요
당신의 친구가 될 수 있어 다행이에요
당신의 마지막을 지킬 수 있어 다행이에요

당신도 나를 만나 다행이었길,

그날이 오면

언젠가 엄청 소중한 그대가
날 떠나려 할 때,
그걸 알아버린 나로선
할 수 있는 게 없었다

그저 남은 시간 원래처럼
잘 지내보려는 것뿐

그냥 그렇게
최대한의 일상처럼
보내주려는 것뿐

첫 마디

참 좋았구나
그간의 기록들을 보고
내가 한 첫 마디

참 예쁘구나
한동안 사진을 보고
그가 한 첫 마디

나의 하늘

달님 참 밝군요
아님 햇님이 벌써 차오르는 걸지도요

나 가는 길 한밤중이라도
달님 그대가 날 비춰주는군요
또 햇님 그대는 아침이라며
북돋아주는군요

그대들이 있어 내일이 밝아오고 있어요
계속 밤일까 무서워하지 않을 테지요
내일은 또 밝아오고 있으니까요

엄마

어릴 적 나의 이야기를
상세히도 기억해주는 사람

내게서 지워진 빈틈을
그려주는 사람

그대처럼 살아낼 수 있으려나

어렸을 때 느꼈던 작은 행복들이
가끔은 너무 보고 싶다

그 작은 것 하나에
어찌 그리 행복했었나
그리고 함박한 웃음을 지었었나
작은 꼬마 붙잡고 물어보려다 참는다

함박웃음을 짓는 날이
점점 줄어들고 있음을 깨달음에
괜히 오늘이 더 실감 난다

오늘이 지나
그대 있는 곳 쯤 간다면
나 그대처럼 함박히 웃어 보일 수 있으려나

첫 겨울

추워보니 알겠습니다
당신이 왜 그리도
겨울을 싫어했는지

나 이동안
따뜻한 봄이어서
혹독한 겨울이 처음입니다

살결을 에는 추위에
마음까지 아려오지만
그대 생각하며 버텨보렵니다

진한 맛

맑은 웃음대신
진한 웃음을 보이는 그대

맑았던 물이 진한 사골이 되듯
얼마나 오랜 시간 인내했을지,

난 아직 상상이 안가는
흐린 웃음이지만
이제 남은 시간, 내가 인내할게요

산타할아버지

어릴 적, 난 정말로 그를 믿었다
크리스마스 전 날이면 여느 날보다
더 말 잘 듣는 아이가 되곤 했다

내가 그 존재의 실상을 알게 된 건
초등학교 6학년이 되던 해였던가

부모님은 내게 말씀하셨다
더 이상 선물 사주기가 힘들 것 같다며

더 오래 너의 순수함을 지키지 못해 미안하다고,

내게 가장 큰 선물을 안겨주고도
미안하다는 그의 말에
작은 나는 이 선물
오래도록 예쁘게 쓰겠다고 굳게 다짐했다

우리 함께 살아가는 중

오늘도 일어나 씻고 밥을 먹고 학교를 가요
내일도 모레도 아마 그럴 거예요
그렇게 살아가다 보면
그 어떤 날은 잠을 설쳤고,
또 다른 날은 밥을 못 먹었고,
난 가끔 이런 투정들을 늘어놓아요
그리곤, 다시 일어나서 씻고 밥을 먹고 삶을 살아요

네가 늘어놓는 투정에
걱정 섞인 잔소리뿐이지만
전화를 끊고 나면 하루 종일
걱정 한다는 걸,
너는 알까?

내가 늘어놓는 투정에
온통 잔소리뿐이지만
왠지 그렇게 한 번 듣고 나면
또 잘 살아지는 것 같아요

오늘도 일어나서 씻고 밥을 먹고 일을 나간다
내일도 모레도 아마 그렇겠지
그렇게 살아가다보면
그 어떤 날은 몸이 아프기도 하고,
또 다른 날은 일이 잘 안 풀리고,
난 이런 투정들을 그저 혼자 누른다
그리곤, 다시 일어나서 씻고 밥을 먹고 일을 나간다.

가끔 투정이 생길 때면 전화해요
그런 날은 전화에 예쁜 소리만 하는 걸로 해요
그렇게 한 번 얘기하고 나면
또 잘 살아질 거예요

오시마 메구미

Mother Tongue

한글과 대화하는 일본인.

일본 교토 한글고인돌 한국어학원 한국어교사.

털어놓지 못하는 심정과 한글이 어울릴 때 들리는 소리가

내 마음의 소리다.

한글과 소통하는 매일이 내 삶이다.

instagram : @mucue.kokoro

백설기

새하얀 배경이 그립고
티 없는 깨끗한 모습이 너무 따뜻하다

특별한 맛은 없지만
먹다 보니
어디선가 느낀 그 맛이
마음에 와 닿았다

그때 이불을 덮어 주신 그 따뜻함
그때 안아 주신 폭신폭신한 품

입에 넣은 한 조각을 계속 씹다 보니
눈이 녹듯 사랑 향기가 나를 안아 주었다

음각

처음에는 어떤 문양도 없었다

그날부터 내가 파고 들어가며
내 길을 찾아간다

그 모습을 가만히 지켜보는 그대

그대가 있으므로
걸어가는 그 순간순간
서슴지 않고 당당히 나아갈 수 있었다

그대의 모습을 가슴에 깊이 새기며

나는 내 길을 걷고 있다
내가 여기에 있다

하얀 도화지

하루의 시작은
하얀 도화지로부터 시작한다

무한한 가능성이 있는 하루
순수한 마음으로 하루의 시작을 맞이한다

어떤 그림을 그릴까
어떻게 색칠할까

밝은 빛깔도
어두운 빛깔도

오늘 이야기에
오늘 심기와 함께
하얀 도화지와 잘 어울렸다

시루

고향의 향기가 은은히 풍기는 어둠 속에서
꿈을 꾸고 있다

많지도 않고 적지도 않은
사랑이 쏟아져
마음속에 깃들었다

설레는 마음속에서
가끔 숨을 쉬게 해 준다

잘 기다려 주며
잘 지켜 주며

가장 잘 어울리는 고물을 입혀 주고
따끈따끈한 마음으로 나를 보내 준다

운동화

너덜너덜한 모습이 왜 그리울까
너덜너덜한 모습이 왜 사랑스러울까

천천히 갈 때도 늘 옆에 있고
속도를 내야 될 때도 늘 옆에 있다

짝들이 늘 함께 같은 방향을 보고
결코 떨어지지 않는다

잠시 멈출 때도 함께 쉬고
다시 시작할 때도 함께 시작한다

너덜너덜한 모습이 참 아름답더라

39년

몰래 어머니 옷을 입고
친구와 놀러 갔다

디자인이 멋있었지만 너무 컸지요

어머니가 내 옷을 몰래 입고
친구와 놀러 가셨다

디자인이 멋있었지만 너무 컸지요

39년이라는 이 시간 사이에
나를 크게 키우셨고

39년이라는 이 시간 사이에
나는 엄마에게 고생을 시켰다

거울 속

거울 앞에 앉아
나를 본다

로션을 바르고
크림을 바르고
나를 본다

파운데이션을 바르고
눈썹을 그리고
립스틱을 발랐다

나를 보고
그리운 그녀를 만났다

심부름

요만한 꼬마에게
큰 모험이었다

보물을 찾듯
미로를 탐험하였다

절대 뒤를 돌아보지 않겠다
발걸음을 멈추지 않겠다

인내심
책임감
자신감

기를 써서
맛본 그날의 어른의 맛에
부드러운 미소가
녹아들었다

사진

내가 아플 때
"찰칵"

내가 외로울 때
"찰칵"

마음이 지칠 때
"찰칵"

찰칵 소리와 함께
훈훈한 미소가 눈에 선하다

몇 년이 지나도 빛이 바래지도 않고
생생하게 마음속에 저장된 그 사진

언제 어디서나 나를 위로해 준다

엄마, 저 이제 괜찮아요
오늘 오랜만에 같이 사진 찍어요

물어보지 마

엄마, 뭐 하고 싶어요?
딸은 뭐 하고 싶니?

엄마, 뭐 먹고 싶어요?
딸은 뭐 먹고 싶니?

엄마, 어디 가고 싶어요?
딸은 어디 가고 싶니?

엄마,

오늘 엄마가 하고 싶은 걸
내가 같이 하고 싶은 거예요

마라톤

내가 이 세상에 호각 불고 나서
손을 꼭 잡고 달리기 시작하셨지요

뜻밖의 가파른 길도
쉬지도 않고
멈추지도 않고 달려가신다

걸림돌을 만나더라도
그걸 디딤돌로 삼아 달려가신다

휴게소에도 들르지도 않고
항상 전력으로 달려가신다

내가 손을 뿌리치려고 하더라도
내 손을 다시 꼭 잡으신다

사랑의 씨를 뿌리며 달려온 기나긴 길에
꽃이 많이 폈나 봐요

앞으로는 내가 엄마 손을 꼭 잡아 줄게요
꽃을 구경하면서 천천히 걸어가요

두려움

아빠가 아빠가 아니게 된 날부터
아빠의 얼굴
아빠의 눈빛
아빠가 변해 가는 모습이 두려웠다

아빠를 걱정하는 엄마의 얼굴
아빠를 보는 엄마의 눈빛
엄마가 엄마가 아니게 될까 봐
더 두려웠다

가족이 가족이 아니게 될까 봐
더 더 두려웠다

구구단

어릴 적 어머니와 함께
구구단을 외웠다

마음이 내키지 않을 때는
9×9까지 답할 수 없었다

어머니는 다시 처음부터
시작하라고 하셨다

열심히 한 만큼
열심히 준비한 만큼
그 날의 성과가 나온다

인생은 구구단
오늘도 꼭 9×9까지
올라가고 말겠다

지우개

눈에 고인 눈물을
따뜻한 손으로 지우고

쓰리고 따가운 고통을
따뜻한 마음으로 쓱쓱 지워 준다

그 지우개는 점점 작아졌다

작아진 한 조각을
영원히 간직하고 싶다

제곱

내가 그대를 생각하는 것보다
그대는 나를 더 생각해 준다

내가 그대를 걱정하는 것보다
그대는 나를 더 걱정해 준다

내가 받는 사랑은 제곱이 되고
내가 받는 행복이 제곱이 된다

새벽의 방문자

캄캄한 밤하늘 밑에서
꿈을 꾸고 있다

한 별빛이 내 얼굴에
부드러운 빛을 비쳤다

아스라한 달빛에 비친 그림자가 다가와
내 이마에 키스하였다

바람

애처로운 날에

산들산들 볼을 스친다

고달픈 날에

꽃향기를 실어 안아 준다

멈칫하는 고요한 시간에

강풍이 등을 밀어준다

나는 그 바람을 타고

오늘도 하늘을 날아갈 수 있다

사막

고독했던 나날은
누군가를 만나기 위해서였다

고독했던 나날은
나를 믿기 위해서였다

고독했던 나날은
내가 살기 위해서였다

고요 속을 걸어온 삶의 흔적이
지금 빛나고 있다

고독했던 나날은
지금의 행복으로 이어져 있다

어둠의 빛

암흑의 하늘에
달빛이 교교하다

칠흑의 하늘에
별빛이 반짝인다

캄캄한 하늘을 우러르면
어둠을 비추어 주는 빛들을 만나
무섭지도 않다

고통과 고뇌를 안은 날에
떠올리는 당신의 미소가
내 삶의 길을 응원해 준다

이착륙

비행기가 이륙하자
익숙한 풍경이 점점 멀어진다

애틋함과 두려움을 태우고
넓은 세상으로 날아간다

양손을 펴 떠나게 된 세상에서 돌아오는 풍경

그리움을 태우고 다가오는 안식처에
애수를 자아낸다

하늘의 눈물

꽃들이 오순도순 피어 있었다

한 송이가 고개를 숙이자
다른 꽃들도 빛을 잃었다

하늘에서 떨어진 따뜻한 한 방울

꽃들이 잠깐 하늘을 우러러보자
하늘이 토닥토닥 해 주니 잠이 들었다

달을 보며
별을 보며
따뜻한 밤을 느끼며
꿈을 꾸었다

함초롬히 이슬을 머금은 꽃들
눈을 뜨자 희망의 아침이 기다리고 있었다

새벽의 연주회

희미한 빛 속에서
희미한 소리가 들린다

펄럭 펄럭
책을 넘기며

술술 술술
펜을 들며

밤을 아끼는 연주가가
등불 속에서
아름다운 음악을 연주한다

귤

꽁꽁 얼어붙은 날에
아이들을 품에 꽉 안아
귓전에 속삭이는 자장가를 듣다가
새근새근 잠이 든다

어디에 부딪혀도
옷이 더러워져도
아이들을 품에 꽉 안아
애정을 듬뿍 쏟는다

달콤한 그 맛은
어머니의 사랑 맛이다

믹스커피

세파에 시달리는 일상
바르작거리며 살아간다

자존심을 지키기 위하여
어떤 유혹에도 굴하지 않기 위하여

블랙커피와 함께 함으로써
쓴 맛도 즐길 수 있다

발돋움하며 보고 있는 이 세상

당신을 만나면
발꿈치부터 그리움이 스며든다

오늘 믹스커피와 함께
아늑함에 도취하고 싶다

형용사

제한된 틀 속에서
쫓기듯 지내는 일상

공장에서 움직이는 기계처럼
하루살이가 바삐 반복된다

따분한 하루에 흘러오는 미지의 신비
다정한 포장지가 나를 얼싸안는다

오늘 어떤 날이었을까
무미건조한 삶을 꾸며 주었기에
오늘이 특별하고
내일이 또 기다려진다

춘분

살랑살랑

이 날의 꽃향기가
내 가슴을 설레게 하였다

살랑살랑

이 날의 꽃바람이
내 마음을 들뜨게 하였다

꽃눈이 톡톡 트는 소리가
나를 깨워 주었다

신록이 눈부시게 빛나
삶의 시작을 비쳐 주었다

초침

당신을 만났을 때

똑딱

새로운
1초가 시작됐네요

똑딱똑딱

초침 소리가 감정의 소리를 울린다

그런데
가끔은 왼쪽으로 가 주면 안 되나요

그때 한 말을
그때 준 상처를
그때 그 시간을

다시는 돌아올 수 없는 기억을 찾으러
떠나고 싶어요

사춘기

당신의 뒷모습이
외로워 보였다

당신의 뒷모습이
울적해 보였다

당신의 뒷모습이
서러워 보였다

내 앞모습은 당신에게
안 보이지만

내 눈동자에는
당신의 감정들이 비쳐
허전함이 밀물처럼 밀려왔다

유일무이

해가 맑은 오늘도
확실한 것이 없다

잠자리에 들어갈 때에는
그 불안감이 커져 꿈자리가 뒤숭숭하다

확실한 것이 없는 매일에 익숙해졌지만
진실은 유일하다

눈에 들어오는 당신의 얼굴

함께 있든
떨어져 있든
나를 응시하고
나를 믿어 준다

핏줄

남녀 사이나 친구 사이에는
사랑이 커지면 불안할 때가 있다

흔들릴까 봐
사라질까 봐

사랑을 끊임없이 갈망한다

곡선을 그릴 줄 모르는
당신의 사랑

커지면 커질수록 편하고 안심된다

오차

단 0.1밀리미터 때문에
울곤 하였다

단 0.1밀리미터 때문에
웃곤 하였다

이 0.1밀리미터가 배려심이고
이 0.1밀리미터가 이해심이라는 것을 배웠다

근삿값이 가족의 가치이고
참값이 가족의 참뜻이다

위대함

ㄱ, ㄴ, ㄷ, ㄹ, ㅁ, ㅂ, ㅅ, ㅇ…

아이들은 홀로 소리를 내지 못한다

ㅏ, ㅑ, ㅓ, ㅕ, ㅗ, ㅛ, ㅜ, ㅠ, ㅡ, ㅣ

엄마가 옆에 있어야만
엄마가 여러 모습으로 아이를 도와야만

아이는 소리를 낼 수 있다

김장김치

늦겨울과 함께
정다운 당신이 찾아온다

쓰고, 달고, 시고, 짜고, 맵고
여러 감정이 조화되어
진심이 된다

한마음이 한뜻이 되어
당신의 뜻을 항아리에 담는다

온정으로 추위를 녹여
땅속에서 숙성된 감칠맛은
사랑하는 당신의 인생맛이다

Mother Tongue

요즘 우리 어머니가 울고 있다
훌쩍훌쩍 울고 있다

우리를 보고
많이 아파하고 있다

고통보다 소통

이 마음이 어머니의 진정한 말이었다

어머니가 우는 모습 보고 싶나요
어머니가 괴로워하는 모습을 보고 싶나요

더 이상 아파하면
단 한 명뿐인 우리 어머니가 사라질 거예요

이제 우리는 손을 잡고
우리 어머니에게 평화를 선물해요

양복선

부치지 않은 편지

쓰는 자의 고통이 읽는 자의 기쁨이 된다는
대면조차 한적 없는 스승님의 말을 믿으며,
언제나 타자기가 아닌 영혼을 두드리고 있습니다.
오늘도 글을 쓸 수 있게 해주셔서 감사합니다.

2016년 웹 소설 7days로 데뷔
이후 〈도깨비〉, 〈벚꽃 소녀〉, 〈몬스터는 로또다〉 연재
2019년 웹 소설 〈여주를 뺏어버렸다〉, 〈사진술사〉 출간예정

instagram : @bok_writer

엄마의 기도

아프지 않게 하소서
울지 않게 하소서

아파야 한다면
울어야 한다면
불행해야 한다면

그것들을 모두 저에게 주소서

불효자의 기도

기회를 주신다면
소원을 이루어 주신다면

고민하지 않고
말하겠습니다

다음 생이 있다면
한 번의 기회가 주어진다면

어머니의
어머니로 태어나게 해주세요

그래야
어머니에게 받았던 모든 것을
돌려드릴 수 있을 것 같습니다

스무 살 그때의 엄마에게

당신은 삼 년 후 결혼을 하게 됩니다
같은 해 겨울에 아들을 하나 낳게 되고요

십 년 후 당신의 아들은 다른 아이들과 달리
지독하게 말썽을 부립니다 그로 인해
학교에 자주 불려 갈 수도 있습니다

이십 년 후 당신은 고된 노동에 몸이 망가져
손가락 관절염과 위장병 때문에 고생을 합니다

삼십 년 후엔 큰 수술도 한번 받을 겁니다

어쩌면 좋은 일보다 나쁜 일이
더 많은 인생일 수도 있습니다

그래도 이 모든 것을 감당할 수 있다면
다시 한번 저를 낳아주세요 엄마가 되어주세요
지금보다도 더 효도하고 사랑할게요

응애

당신을 처음 만날 때
나도 당신처럼 하고 싶은 말이 많았어요
반갑다고 태어나게 해 줘서 감사하다고

처음 나를 안고 눈물 흘리며 말했던
그 말을 다 알아듣진 못했지만
하나는 똑똑히 기억해요

내가 엄마야
아가야
세상에서 가장 소중한 아가야
엄마가 지켜줄게

그때도 분명 대답했지만
엄마의 귀엔 '응애' 라고 들렸을 테니까
다시 말할게요

엄마 이제 내가 지켜줄게요

엄마의 거짓말

세상의 모든 자식들은
엄마에게 거짓말을 한다

공부하고 있어요
책 사게 돈 좀 주세요
친구네 집에서 자고 갈게
내가 알아서 해

셀 수 없을 만큼 많은 종류의 거짓말들

하지만
세상 모든 엄마들의 거짓말은 단 하나

엄마는 괜찮아

그런 줄 알았습니다

화장실 청소를 하는 것도
설거지를 하는 것도
빨래를 하는 것도
밥을 하는 것도

당연한 것인 줄 알았습니다
엄마의 일이라 생각했습니다

엄마니까 당연한 것이라고
엄마는 집안일을 하는 사람이라고

그런 줄 알았습니다

엄마가 사라진 지금에서야 알게 되었습니다
집안일은 엄마의 일이 아니라 모두의 일이었단 것을

엄마는 그저 가족을 위해 희생하고 있었다는 것을
엄마가 되어보니 알게 되었습니다

아무리 내가 더 사랑한다고 해도

자식들은 평생을 살아도 죽을 때까지
부모의 사랑보다 커질 수 없다

부모는 자식을 위해 대신 죽어줄 수 있다
하지만 자식은 아니다

핑계를 대겠지
나는 아직 살날이 많잖아요

부모도 그럴 것이다
나는 오래 살았으니 자식을 살려달라고

이게 틀린 것이다 자식들아

세상에 오래 살았다는 건 없다
현재가 중요한 것이지

부모의 살날이 40년 남았고
자식의 살날이 단 10년밖에 남지 않았어도
부모는 자신의 목숨과 자식의 목숨을 저울질하지 않는다

단 10분뿐이더라도
자식이 살길
자식이 행복하길 바랄 뿐이다

엄마에게 쓰는 편지

엄마

아 눈물 나서 못쓰겠다

소원

내 소원은 언제나
부모님이 자랑할 수 있는
자식이 되는 것

그것 하나뿐이었습니다

인생이란 말이다

흐르는 눈물을 닦아준 적 있느냐
그것이 사람이 되었든 인생이 되었든

불꽃 안에 깃든 뜨거운 눈물을 본 적 있는가
호수 안에 잠든 차가운 젊음을 본 적 있느냔 말이다

너는 그저 흘러가는 욕심의 냇가를 따라
바다로 가려하지 않았느냐

나는 네가 바다에 도달하길 바랐지만
그것이 탐욕의 배를 타고 가는 것은 바라지 않았다

그저 흐르는 연민과 사랑으로
그렇게 인생이란 바다로 흐르길 바랐을 뿐이다

괜찮아 엄마니까

세상에서 가장 사랑하지만
세상에서 가장 모질게 대했다

아침엔 웃다가
점심엔 눈도 마주치지 않고
저녁엔 해선 안 될 말까지 하며
그녀의 마음을 아프게 했다

장마철 날씨처럼
변덕이 죽 끓듯 하는 자식을

그저 웃으며 기다려 주던 그녀

자식 나이 서른이 다 돼서야
왜 그랬냐고 물었다

엄마는 그저 말없이 그때처럼 웃었더랬다

저장

흑백 폰부터 스마트폰까지
15년 전에는 상상조차 못 할 정도로
휴대폰은 진화했지만

15년 전 카메라 기능도 없던
그때의 흑백 휴대폰부터

이제는 삶의 일부분을
차지할 정도로 진화된 스마트 폰에 이르기까지
모양과 기능 그리고 이름까지 변했지만
유일하게 변하지 않는 단 한 가지가 있다

그것은 엄마의 휴대폰에 저장된
나의 휴대폰 연락처

010-0000-0000
사랑하는 나의 아들, 딸
그리고 나의 자부심

언젠간 알겠지

나는 아직
자식이 없어서 모르지만

대체
얼마나 예쁘기에
얼마나 소중하기에

모든 것을 포기하셨을까

안녕 엄마

너무 늦게 와 미안해요
세상의 순리 때문에
난 당신보다 먼저 태어나거나
비슷하게 태어날 수 없었어요

하지만 걱정 마요
당신의 생이 다 할 때까지
곁에서 손잡아줄게요

마지막까지 당신의 친구가 되어줄게요

결혼

어려서부터 엄마를 봐왔기에
가장 가까이서 엄마를 봐왔기에

엄마의 희생을 물려받을 자신이 없어
결혼을 못하겠어요

엄마는 웃고 있었지만
울고 있었잖아요

힘들어서 비명을 지르고 있었지만
웃고 있었잖아요

엄마는 언제나 희생만 했잖아요

사춘기

그때의 나에게
딱 한 마디만 할 수 있다면

타임머신이 만들어지지 않길 기도해라

먼 미래
타임머신이라는 것이 발명되면
만약에라도 그날이 찾아온다면

제일 먼저 부모님한테 대들었던
너 때리러 간다

네가 유치원 때 엄마한테

엄마는 과거에 사는 것 같다
나는 기억도 안 나는
예전 일들을 자주 얘기한다

그런데

그때처럼 밝게 웃는 엄마를 본 적이 없다

된장찌개

폭폭하니 콧등을 치는
구수한 냄새가 퍼지면

미처 잠에서 깨어나지도
못한 채로

엄마의 마음을
먼저 맡는다

아
오늘 아침은 된장찌개구나

아
오늘도 엄마가 있구나

밥 먹어

밥 먹어
내가 알아서 먹을게

밥 먹어
먹었어

밥 먹어
먹었다니까

밥 먹어
엄마는 그 말 밖에 할 줄 몰라

미안해 밥 먹어

그때는 몰랐습니다
그것이 까칠한 자식에게 말을 걸 수 있는
유일한 것이었음을

지나고 나야 알 수 있는 것들

엄마가 말했다
나와서 밥 먹어

그토록 지겹던 그 말을 한 번만이라도
더 듣고 싶다

액자

어릴 적 잘못된 행동으로
어머니의 가슴에 못을 박았다

이제는 못을 빼진 못하지만
못에다 작은 추억 하나씩
걸어 놔 드려야겠다

어머니

정신 나간 어머니 모신 지 언 십 년
그녀의 이름을 잊은 지도 십 년

어머니라 부르던 때가 언제인지
이제 그녀의 이름은 안 돼

사람이 살면서 가장 많이 듣는 말이
이름이라던데

십 년간 그녀가 제일 많이 듣던 말은
안 돼

밥을 먹을 때도 안 돼
바지에 오줌을 눌 때도 안 돼

잘못하고도 잘못했는지 모르는
새하얀 어린아이처럼
그녀는 오늘도 새하얀 잘못을 저지른다

안 돼
하루에도 수백 번씩 그녀에게 내는
차갑고 뜨거운 소리

하루에도
착한 아들과 나쁜 아들 사이에서
싸우는 정치가

삼십 년 전 바지에 오줌을 싼
검은 잘못을 하고
검은 거짓말로 그것을 덮으려 했던
못난 아들에게는 한 번도
안 된다고 하지 않았던
나의 어머니

엄마도

엄마
엄마도 나와 같은 시절이 있었나요

엄마
엄마도 나처럼 힘든 시절이 있었나요

엄마
엄마도 행복을 좇아 방황하던 시절이 있었나요

엄마
엄마도 나처럼 꿈을 꾸던 시절이 있었나요

그렇다면 엄마
내가 엄마의 좋은 시절을 뺏은 건 아닌가요

우산

비가 오면 역 앞으로 마중을 나오던 엄마
언제나 손에는 우산이 하나뿐이었다

엄마보다 작았던 때는 몰랐으나
중학교에 들어가 엄마보다 커졌을 때
처음으로 엄마의 어깨가 젖어있는 것을 보았다

그렇게 한쪽 어깨가 젖을 거면서
왜 우산을 하나만 들고 왔냐고 물었다

우산이 하나여야
너랑 이렇게 가까이 있을 수 있잖아

번개도 치지 않았는데
심장에서 천둥소리가 들렸다

세상에서 가장 어려운 것

오일러 공식
바스크어
양자역학
상대성이론

배운 적도
들어본 적도 없는
어려운 것들이다

그러나 정답은 아니다
세상에서 가장 어려운 것은
그런 것이 아니다

세상에서 가장 어려운 것은
부모가 되어
아이를 키우는 일이다

삼겹살

언제나 삼겹살을 구워주셨다
어른이 되면 고기를 잘 굽게 되는 줄 알았다

성인이 되던 날에도
나에게 집게를 넘기시지 않으셨다

군대에 다녀왔어도
나에게 집게를 넘기시지 않으셨다

손주를 볼 나이가 되신 이제야
나에게 집게를 넘기셨다

처음 알았다 고기 굽기가 얼마나 어려운지
집게의 무게가 너무 무거워
고기 한 점 먹을 시간조차 없다는 것을

너무 늦게 알게 됐다

후회

효도하지 못한 것도
용돈 한번 드리지 못한 것도
사랑한다 말하지 못한 것도

너무나 후회되지만

가장 후회되는 것은
안마 한 번 해드리지 못한 게

그게
그 작은 게

그렇게 후회됩니다

김장

씨를 심고
물을 주고
싹이 나오고
시간을 들이고
비료를 주고
약을 주고
사랑을 주고

일 년을 고생해서 키운
고추와 무 그리고 배추
내가 키웠으니 믿을 수 있다고 말하는 그녀

최고의 재료가 아니어도 되니까
조금 덜 맛있어도 되니까
그냥 사 먹어요

엄마 힘들게 하면서 맛있는 거 먹긴 싫어요

누구 엄마

이름이 기억나지 않습니다
얼굴도 기억나지 않습니다

30년 전 당신과 걷던 그 길은 기억이 납니다
길의 모습, 길의 온도, 길의 냄새까지도

30년 전 그날을 기억합니다
손을 잡던 날
당신의 품에 안기던 날, 당신의 아내가 되던 날

30년 전 그날이 그립습니다
당신과 10평도 안 되는 방에서 살고
당신과 닮은 아들을 낳고
당신과 평생 함께할 줄 알았던

그때의 내가 그립습니다

가장

가장은
힘들어

미친 듯이
노력해도

그 노력이
당연하게 받아들여지니까

곁에는
아무도 없고

모두
어깨 위에 타고 있으니까

가족이라는 무게가
어깨에 짊어져 있으니까

엄마

엄마는 언제나 자식 걱정에

마음 졸인다

아버지

아파도

버텨야

지금 내 자식들이 행복하다

김현수

계절의 기억

손으로 만드는 것이라면 뭐든 좋아하며
글로 감정을 표현해 서로의 마음이 통해지고 싶습니다.
댄디한 느낌의 감성 작가 강류 입니다.

instagram : @kang_ryu

나는 엄마입니다

모두의 사랑을 받고 태어난

아이의 울음소리가

하늘의 경사가 되었다

고맙다

정말 고맙다

내 사랑아

나의 행복아

아프지 않게 건강하게 자라다오

행복

매일 살았던 하루가
직장을 마치고 오면 지친 하루가
가난해서 더 일해야 했던 삶이
아내에게 예쁜 옷 하나 못 사줘서
너무너무 미안한데

집에 돌아오면 항상 웃는 얼굴로
방긋 웃는 아이와 함께 나를 반긴다

사랑하는 아내를 위해서
사랑하는 자식을 위해서
지쳤던 나의 삶에 행복의 바람이 불었다

드디어 우리 애가

아등바등
손과 발을 열심히 움직이며
뒤집기 한판

엉덩이를 들썩이며
서서히 손을 떼
일어선다

물고기처럼 뻥긋뻥긋
엄마라고 말하면

너무나도 기뻐서 소리 지르고
주변 모든 사람에게 알리는 날

돌잔치

인생에 한 번뿐인
백일잔치
온 가족이 모여서
예쁜 한복을 입은 아이를 보며
미래를 기대한다

아이는 앞에 놓인 물건보다
옆에 있는 먹을 것을 집어 먹는다.

그 모습에 엄마와 할머니는 미소 짓는다
그래, 잘 먹고 잘 크면 된다

또 하나의 행복

축하합니다
둘째 아이 임신하셨어요

그렇게 또 하나의
하늘의 경사가
온 가족에 울려 퍼졌다

재롱잔치

아기자기한 옷을 입고
기억날 듯 말 듯
아이들은 춤을 춘다

별처럼 빛나는 존재는
바로 내 아이

딸은 우리를 보며
천사 같은 미소를 짓는다

꿈나무

훌쩍 커버린 딸 아이는
이제 초등학생

많은 친구와
새로운 선생님
딸의 눈은

맑은 샘물처럼
초롱초롱
말똥말똥

작은 싹이 어느새
나무가 되어 자라고 있다

흔한 실수

누군가 교실 앞문을 두드렸다
선생님은 못 들으셨나 보다

엄마 누가 왔어요.
순간 나도 놀라고
주변 친구들도 곧 웃었다

나는 애써 아닌 척
살짝 부끄럽기도 했지만
엄마가 보고 싶어서 나왔나 보다

천방지축

어렸을 적 너무 산만해서
차에 타는 것도 신나게
달리면서 타다가 머리 부딪히고
엉엉 울고

신나게 놀다가 넘어져서 울고
숙제 안 하고 놀다가 회초리 맞고 울고
너무 놀아서 밤늦게 들어와서 혼나고

그런 딸의 모습에
엄마는 내 미래를 걱정하며
더욱 나를 꾸짖었다

엄마의 손

추운 겨울날
눈 덮인 산 구경하러 갔다가
갑작스러운 기상 악화에
바들바들 온몸을 떨었다

물집과 굳은살로 된 엄마의 손
엄마 손도 차가운데
차를 타고 집에 가는 내내

혹시나 동상에 걸릴까 봐
나와 동생의 발을
계속 주물러 주셨다

시골집

부엌에서는 큰 가마솥에서
외할머니가 밥을 지으시고
아궁이에 불을 너무 땠는지
바닥에 한 곳에는 장판이 검게 탔다

밖은 넓은 논밭이 있고
물이 조금 흐르는 강에는
개구리들이 합창한다

엄마가 삶으신 양배추에
밥을 싸서 양념장과 같이 먹으니
아주 꿀맛이었다

엄마 도와드리기

엄마가 아파서 누우셨다
나는 의자를 밟고 서서
보고 배운 대로
설거지를 척척

그다음에는 빨래를 예쁘게
차곡차곡 갰다
동생도 같이 빨래를 개고
잘했다고 엄마가 용돈도 주셨다

용돈 받아서 기분은 좋았지만
엄마가 빨리 낫기를 빌었다

동심파괴

햇볕이 쨍쨍한 여름
매미를 잘 잡고 있었는데

채집망 안에 매미 커플 한 쌍
경비실 아저씨가 짝짓기 중이던
매미 한 쌍을 그대로 이별시켰다

너무 놀란 나는 아무 말도 못 하고
엄마에게 말했더니

엄마는 미소 지으시면서
다시 만날 수 있을 거라고
딸의 마음을 위로했다

가을 운동회

가을에 한 번씩
모두가 함께하는 운동회

맛있고 즐거운
점심시간이 찾아왔지만

주변을 둘러봐도 가족들이 함께하는데
나만 함께 할 가족이 없었다
아빠는 일하러 가셨지만
엄마는 오지 않으셨다

6년 동안 한 번도 안 오셔서
솔직히 좀 외로웠다

난로

난로를 교실 가운데 두고
난로 주변으로 책상을 둘러 재배치

따뜻한 온기가 가득 차고
난로 위에 집에서 가져온
엄마가 주신 감자, 고구마, 오징어
학교에서 주는 우유와 함께

친구들과 함께 나눠 먹는다
겨울의 소소한 추억이 쌓여간다

땡땡이

청소해야 하는데
친구들은 전부 도망치고
나 혼자 교실에 덩그러니

옛날부터 엄마에게 교육을
엄격히 받아서 그런지
내 마음은 흔들리지 않는
큰 바위처럼 고요하게

혼자서 청소를 열심히 하고
선생님한테 받은 용돈으로
군것질로 배불리 먹었다

힘든 일주일

초등학교 졸업 후
이사를 가고 나서 중학교 첫 입학
낯선 지역에서 만난 친구들

친해질 수 있을까 걱정하기도 전에
한 가지 문제가 있었다

바로 옆에 교무실이 있음에도
너무 시끄럽게 떠들어서
일주일 내내 벌 받았다

내 얘기를 들은 엄마는
한숨을 내쉬며
고개를 절레절레

성적 잔소리

노는 습관은 이미 익숙했기에
공부가 쉽게 잘되지 않았다
그래서 항상 성적으로 꾸지람을 받고

꼴등에 가까운 등수를
끌어올렸지만
절반 안에 못 들어갔다는 이유로
크게 혼났다

너무 미웠다
노력하는 모습을 인정 해주지 않고
결과만으로 판단하는
아빠, 엄마가 미웠다

엄마의 타이밍

아들 과일 먹으면서 해
방문을 열고 들어온 엄마는
바로 침대 위에 누운 동생의 등에
아주 매운 손바닥이 작렬

저 공부 다 했어요
맨날 침대에 엎드려서 놀기만 하면서
공부해도 성적이 왜 그 모양이니
동생은 입술이 삐죽 튀어나왔다

엄마의 초능력

동생과 함께 집으로 가던 중
서로 고기가 먹고 싶다며
집에 들어왔는데
거실에서 아버지가 신문지를 깔고
불판에 삼겹살을 굽고 있었다

엄마가 너희들 주려고 사왔다
나와 동생은 환호했다
가끔 엄마가 먹고 싶은걸
맞추는 게 너무 신기했다

엄마의 걱정

아들
엄마가 나를 부르셨다
뭔가 심상치 않다

공부도 잘하고
외모도 잘 생겼어
남들에게 자랑할만한데

대체 무슨 말씀을 하시려는지
팽팽한 긴장 속에서
엄마는 입을 떼셨다

키가 안 커서 어떡하니

엄마의 걱정 2

우리 딸
화살이 나에게 돌아왔다

솔직히 지금껏
많은 쓴소리도 들었기에
엄마가 무슨 말을 해도
안 흔들릴 자신이 있었다

날이 갈수록 살이 쪄서
옷이 안 맞는데 어떡하니

엄마의 변심

고양이 털 때문에 집안이 더럽다고
싫다고 화를 내셨지만

집에 돌아오면
엄마는 항상 고양이와 알콩달콩
자식보다 고양이를 더 예뻐하셨다

부부싸움

크게 한바탕 싸우고
서로 얘기도 안 하고
얼굴도 안 본다

생각해보니 그동안
고생만 시키고 제대로 해준 게 없었네
나답지 않게 예쁜 꽃다발과
못생긴 글씨가 담긴 편지와 함께

전해줬더니
아내는 아무 말 없이
엉엉 울기만 했다

외할머니의 눈

큰오빠와 언니들 사이에서
막내로 태어났었지요

남아선호 사상 때문에
오빠만 챙겨주시고
언니들과 저는 항상
밥상에서도 차별 받았지만

식구들 먹여 살리려고
일하다가 사고로
오른쪽 눈을
잃으셨던 어머니

어머니 사랑합니다

제2의 어머니

백혈병에 걸려
가족끼리도 받기 힘든 골수이식
병원에서 몇 달을 지내던
어느 날

나와 골수가 일치한
기증자가 나타났다
세상에서는 그 사람을
제2의 어머니라 부른다

요리하는 날

아버지가 대충 막 찍은
목살 덩어리와 함께
비 내려서 놀러도 가지 못한
기분이 화난 남동생의 고추장을 넣고

나는 즐거워서 알록달록
색색 입은 채소들을 넣어 같이 볶고
어머니의 잔소리로 들들 볶은 깨로 마무리

내 자식들

어렸을 적 벽이나 책상에
낙서하던 아이들이
어느새 훌쩍 커버렸네

이제는 스스로가 생각하고 책임지는
어른의 나이가 되었는데도
여전히 내 눈에는
여리고 어린 귀한 내 자식들

세계 최고의 잔소리

엄마도 항상 하시는 말씀
이것은 남녀 공통사항
누구나 때가 되면

이 말 듣기가 너무 싫어지는
명절만의 필살기
그것은 바로

너 언제 결혼할래

나를 가장 사랑하는 사람

아파하며 나를 낳아준 어머니
피땀 흘려가며 먹을 거 입을 거
좋은 거 해주시려고 일하시는 아버지

세상 그 누구보다
나를 위해 헌신해주신
나를 가장 사랑하는 부모님

이제야 알았습니다

어머니께서 살아온 삶의 모습
내가 살아온 삶의 모습

분명히 달랐기 때문에
그래서 부딪힐 수밖에 없었나 봐요

어머니가 주고자 했던 사랑
내가 받고자 했던 사랑

그것을 내 기준에 맞지 않는다는 이유로
어머니에게 짜증을 내고 미워했어요
얼마나 속이 상하셨나요

결국에는 어머니와 저는
서로 사랑하고 싶었던 것인데 말이죠

결혼

나이가 차고 인연을 만나
이제 결혼을 하게 되었다

양복과 한복을 입고
나를 지켜보신 부모님

인사드리러 앞에 나갔을 때
울컥하고 그동안의 감정들이 올라왔다
아버지, 어머니

사랑합니다

사랑하는 너에게

네가 태어나줘서 고맙다
내 자식이어서 너무 행복하구나
나한테 투정 부리는 것도
웃어주는 그 표정도
내 품에서 울던 네가

사랑하는 사람과 결혼하는구나
부디 오래오래 행복하렴